모
항

실천시선 229

모항

2014년 12월 19일 1판 1쇄 찍음
2014년 12월 26일 1판 1쇄 펴냄

지은이   이강산
펴낸이   김남일
편집   이호석, 박성아, 이승한
디자인   김현주
관리·영업 김태일, 박윤혜

펴낸곳   (주)실천문학
등록   10-1221호(1995.10.26)
주소   서울특별시 마포구 월드컵로10길 48 501호(서교동, 동궁빌딩)
전화   322-2161~5
팩스   322-2166
홈페이지   www.silcheon.com

ⓒ 이강산, 2014

ISBN 978-89-392-2229-8 03810

이 책은 한국문화예술위원회 2014년도 아르코문학창작기금을 받았습니다.
이 책 내용의 전부 또는 일부를 재사용하려면
반드시 지은이와 실천문학사 양측의 동의를 받아야 합니다.

이 도서의 국립중앙도서관 출판시도서목록(CIP)은 e-CIP홈페이지(http://www.nl.go.kr/ecip)와
국가자료공동목록시스템(http://www.nl.go.kr/kolisnet)에서 이용하실 수 있습니다.
(CIP제어번호:CIP2014034909)

실천시선

229

모항

이강산

실천문학사

차례

제2부

제3부

제1부

나무 기러기

원 하나 내치고 품는 일이다 싶어 솟대 기러기를 깎다가
설 전날 금산장례식장에 갔다

죽은 사람이 산 사람 만나는 귀향길이 쥐불처럼 붉어 길
밖에 나서지 못했다

그믐밤이 마을 밖까지 환해서 내 품의 눈 못 뜬 기러기
한 마리 고향인 줄 덥석 날아갔다

두 번 마주친 망자 몰래 북향으로 새 乙 새 乙 새겼다 품
고 내치는 일이 부의함 흰 봉투 같은 밤,

먼 그믐밤 불빛들이 걸어서 넘었던 머들령, 나무 기러기
떼 지어 우는지 가고 오는 산길이 다 붉었다

매미

노인은 교회 느티나무 그림자에 걸터앉아 저물도록 매
미의 허물만 들여다보았다
갈 곳이 없는 듯하였다

염천에 목젖이 데인 듯 매미 울음이 붉게 탔다

자정 무렵 천둥소리가 들렸다
빗발 몇 점이 잠결의 왼쪽 귓등만 간신히 적신 뒤 사라졌다

뜬눈으로 물배를 채웠는지 식전부터 매미 울음이 우물
처럼 깊었다
밤새 목젖의 화상이 아문 모양이었다

얼핏 사람의 울음 같은 매미 울음이 느티나무 그림자 늙
은 가지에서 번졌다

구절사

허물어진 산신각 터 벼랑 끝은 가을이다

벼랑 아래 가을은 어쩌다, 저토록 깊어서
손금 가늘고 빛이 옅다
이 가을에 닿기 전 쉰 번쯤 고비를 넘겼을 듯하다

도토리 한 분 집 떠나는 소리가 우레다
빈 손, 먼 길 아니더냐
물어올 듯 꽉 다문 입술이 붉다
홀로 걸어와 모르겠노라, 고요히 나도 붉은 침묵이다

품고 온 사람 모두 부려놓았는지
저 가벼운, 투명한 나비 한 마리, 채송화 못 본 척
돌숲으로 총총총 걸어가는
도토리도 나도 신발 끈을 고쳐 묶는 구절사

벼랑 끝에 홀로 선 가을도 어언 벼랑 끝이다

붉은 눈

눈,
첫눈

천주교신탄진성당 내리막길 빈집 대추나무에서 대추 두
알이 첫눈을 맞는다

나는 이른 아침 오르락내리락 눈 마주치는 저 대추가 사
람의 눈이라 여겨진다

잊은 듯 부런 듯 두고 떠난 아들의 눈이라 여겨진다

나는 저 붉은 눈 보고서야 첫눈이 하필 흰색인 까닭을 알
겠다

나 어려서 단칸방에 대추 서너 알 매달고 대처로 떠난 아
버지처럼

누군가를 붉게, 맑게 기다리라는
스스로 깊어지라는

눈,
첫눈

사슴*을 태우고

　사슴을 태우고 골목 걷는데 벚꽃 세 잎 사슴의 이마 위로
사뿐, 내려앉는다
　어디서 왔는지,
　누군지,
　사슴은 다 안다는 듯, 모르는 척 가던 길 간다

　나는 안절부절 흔들린다
　꽃잎 떨어질까,
　다칠까,
　꽃잎의 무게로 허리가 다 휜다

　내 등 집적거리던 바람이 어깨 툭 치고 앞서 간다
　엉겁결에 꽃잎이 따라간다
　따라가는 꽃잎 떼가 귀안(歸雁)이다

　저 분홍의 기러기 떼,
　나처럼 허리가 휘는지 하늘 골목이 좁은지 비슬비슬 걸

16

어간다

　작은누님처럼 곱게 늙으려나 궁금하다

　사슴은 모르는 척, 다 안다는 듯 가던 길 간다

　　　　　　──────────

＊ 사슴 : 백석의 시집

빙어

어디서든 빙어가 사는 남쪽 호수는 멀다. 동쪽 호숫가 홀아비 김 형의 폐가에서 삶은 고구마 냄새가 반나절은 종종걸음을 쳐야 남쪽 호수에 닿는다.

어부 안 씨는 빙어 이웃사촌이다. 혈혈단신, 빙어밖에 몰라 빙어가 떠난 여름내 물배를 채운다. 길고 긴 단식이다. 여름 물밥, 겨울 빙어. 빙어처럼 물방귀만 뀌는 생의 구석구석 흑백사진이다.

어쨌거나 안 씨는 소설(小雪)까지는 무사하다. 문짝 달아난 찬장엔 까치밥 한 그릇 꼭꼭 숨겨둔다. 빙어 마을로 건너가는 쪽배를 띄우려면 아침 밥상에 까치를 모셔야 되므로. 까치가 울면, 빙어들이 먼저 알아듣고 버선발로 달려나올 것이므로.

찬장 쥐구멍까지 물방귀 파문이 떠들썩한 섣달,
까치밥 풀어놓은 듯 밥상 가득 노을이다.

모항(母港)

바다는 모두 떠나보내고 일몰만 남겨두었다
바다는 잘 익은 감빛이다

겨울 바닷바람에 떨며
나는 저 바다의 숲 왼쪽 모퉁이에 감나무 한 그루 서 있
었으면 좋겠다는 생각을 한다
감나무 아래 장독대가 있고 앞바퀴가 휘어진 자전거 옆
에 쭈그려 앉은 사람이 어머니라면 좋겠다는 생각을 한다

그러면 나는 방바닥으로 뚝뚝 햇살 방울이 듣는 붉은 기
와집, 옛집 풍경의 갯벌 속으로 빠져들 것이고
그러면 엊그제 마지막 남은 앞니를 뺀 어머니가 나를 향
해 무어라 중얼거릴 것이다

보일듯 말듯, 한 번도 골짜기를 보여주지 않는 바다
한 번도 골짜기를 들여다보지 못한 어머니

그러나 뒤꼍 귀뚜라미 울음 같은, 그 어렴풋한 말이 무슨 말이든 나는 다 알아들을 것이므로
　짐짓 못 들은 척 감나무만 바라보다가
　나 홀로 서해까지 달려온 내력이라도 들킨 것처럼 코끝이 시큰해지다가

　우우우,
　원순모음이 새나오는 어머니의 닭똥구멍 같은 입 속으로 피조개빛 홍시 몇 알 들이밀 것이다

　—마포에서 탈출한 곰소 남자, 생의 절반을 잘라냈어요
　—지금쯤 청양 외딴집의 여자 가수는 밤바다를 노래하고 있을 거예요
　—다들 감나무만 바라보고 있을 거예요

　바다는 일몰마저 떠나보내고 혼자 남았다
　나는 저 바다의 숲 어딘가 틀림없이 감나무 한 그루 서

있을 것이라 생각한다

무녀리

한파주의보 내린 줄 모르는지 베란다 창밖 화분에서 영
산홍 핀다

저것, 두 해째 춘삼월 활짝 피어 꽃다발 이루었던 것, 월
동(越冬) 잘 하려나 훔쳐보던 것
딱 한 송이 핀다

나는 초겨울 아침의 개화가, 저 무녀리가 불안하다
볼수록 춥다

반가움이 아니다
내게 꽃이 그랬던 것처럼 나도 그에게 가슴 서늘한 무녀
리겠는가, 생각뿐이다

내게 마른 호수가 그랬던 것처럼 그에게 내 밑바닥 드러
낼 수 있는가, 생각뿐이다

내 정수리에 떨어진 은행잎
은행잎 덮고 죽은 고양이

나도 그에게 부르르 몸 떨리는 주검이겠는가, 생각뿐이다

저것, 나더러 보라고, 한파주의보 내린 줄 번연히 알면서
가던 길 내처 걸어가는 꿍꿍인 양
팔다리 휘휘 젓는다

호수 여인숙

그러께 늦가을 201호실에 첫발 담가둔 내 몸에서 꽃이
피려는지 무릎이 결린다

낡은 책가방 같은 호수의 방,
이 호수는 지름길이 없어 누구라도 숫돌처럼 살점 잘라
내고서야 간신히 닿는다

늦가을 내 발 닦아준 신 양은 왼쪽 엄지발가락이 잘려 가
까스로 호수에 떠 있다

내 손목 끌고 온 늙은 청둥오리는 밤길이 두려운지 저만
치 문 밖에 앉아 쉰다

청둥오리도 신 양같이 호수 밖 어딘가 떠나려는 방향으
로 물갈퀴를 숨겨두었을 테지만

꽃만 보아도 무릎이 결리는 쉰넷,

지금은 청둥오리처럼 잠시 쉬어가는 모습이 아름다운 때

이 호수를 무사히 건너려면 나는 호수 벽지의 목단꽃만
큼은 꽃을 피워야 한다

지상의 첫 걸음

비 총총, 함박눈 총총
석장승 콧물이 고드름이 되었다

개 미끄러지고 모과 미끄러지고
대설(大雪)도 엉덩방아를 쪄 꼬리뼈가 아픈지 끙끙거린다

육각 성냥갑 속의 성냥개비처럼 나를 꽂아둔 시내버스
는 미끌미끌, 그러나 무사하였다
성냥개비들도 무사하였다

6급 지체장애인 보일러공 형은 미끄러졌나보다
회갑(回甲)에도 문자엔 까막눈인 형,

—이번 주는 넘겨야 탕 한 그릇

학력별무 시인 형, 겨울 넘기면 정년이라 하더니
문자가 터지지 않는 지하 보일러실에서 지상으로 미끄

러졌나보다

  개도 모과도 문자도
  가으내 끓고 있는 탕 한 그릇도 고드름 주렁주렁한 대설

  누군가는 회갑이 되어서야 아슬아슬 지상의 첫 걸음을
뗀다

개미 경전

반나절 늦게 비 그친다
지렁이와 개미 떼가 격돌한다 이백 자 원고지 같은 보도
블록 위,
짧은 문장 하나에 마침표가 까맣다

생사의 한 순간, 팽팽하다
떠나거나 남거나 숙원을 푸는 것이겠다

나는 그만 섬뜩해져서
예순아홉쯤 마침표를 지울까 하다가 문장 뜯어 발긴 내
력을 새긴다

밑줄 긋는 놈, 필사하는 놈, 씹어 삼키는 놈, 관조하는 놈,
갈아엎는 놈

저, 놈의 떼가
일필휘지 한 문장 던진다

남의 생 빌려 빈칸 함부로 채우지 마라

원고지 밖으로 떠나는 발, 밑이 꿈틀한다
쇠톱, 쥐오줌, 나팔꽃, 막냇누이, 양푼의 빗소리……
비 내리면 나를 깨무는 개미들

마침표 하나에 문장이 까맣다

모과가 붉어지는 이유

그러니까 내가 이 골목을 고집하는 이유는 자명하다
늦바람이 든 거다

곰곰 짚어보자면 바람은 생의 발단쯤에서 복선처럼 스
쳐갔던 것,

절정의 뒤꼍에서 가으내 골목 힐끔대는 이 노릇이란
내게 휘어질 생의 굽이가 한 마디쯤 더 남아 있는 탓이
려니,

때도 없이 붉어지다 뼈가 부러진 옆집 대추나무 훔쳐보
듯 은근슬쩍 바라보면
봉충다리 막냇누이의 봉숭아물 같은, 눈물 같은

선홍(鮮紅),

누군가의 연모 지우려 제 스스로 허벅지 찌르지 않고서

야 저토록 노랗게 붉어질 이유가 없지 않느냐

늦바람이 든 거다
저도 나처럼 울긋불긋 바람의 단풍이 든 거다

겨울, 여름 나무 아래서

이 나무 아래, 여기가 맞다
그 여름을 만난 곳

나는 그때 여름이 감추어둔 겨울을 못 보았다

물끄러미, 세 사람이 나무 밑을 지나 카메라 속으로 들어
간다
이제 곧 유리창이 열려 있는 시내버스를 향해
찰칵, 찰칵 걸어갈 것이다
나무도 뒤따라갈지 모른다
버스를 놓치면 사람들처럼 그 여름에 닿지 못할 것이므로

이 나무 아래, 여기가 맞다
아이 셋 혼자 키우는 여자를 찍은 곳

나는 그때 여자가 감추어둔 아이들의 겨울을 못 보았다

여름이 그랬듯 여자는 내게 겨울을 감추었지만

카메라는 보았을 것이다, 생각하니 이 겨울이 그 겨울 같다

시내버스는 여름부터 유리창을 열어두었는지 모른다

여자의 겨울이 못내 궁금해 나처럼 가슴 한 겹을 뚫어놓았을 것이므로

여기가 맞다, 이 나무 아래

나 모르게 겨울을 향해 내가 떠난 곳

나는 그때 겨울이 되어서야 여름 나무를 올려다보는 나를 미처 못 보았다

원

새 집 찾아 떠도는 게다
앞 차창에 뒤뚱뒤뚱 걸어가는 거미 한 마리,

시속 60킬로미터의 외계(外界)에까지 손 뻗친 속내론 궁
한 가장이려니
놈의 갑절쯤 떠돈 인간답게 나는
느긋하니 행방을 지켜보다가 속도를 줄인다

아마 그쯤에서 놈은 당황했을 것이다
어떻게든 집 한 채 마련하고자 전전했을 놈
팔다리 보듬어 귀향시켰으니

까닭인즉,
놈에게 생의 파문 한 점 던져준 것이다
떠도는 것끼리 맞추어 살아가자는
원,

놈은 짐작 못했을 것이다
실은 내가 저로 하여 속도를 버리고 직진을 놓친 줄
동심원으로 흔들린 줄 몰랐을 것이다

진흙밭

황태탕 먹다 내려다보니 그 어른 참 고우시다

툭툭 살갗 터뜨려 이룬 생의 무늬들 눈부시다

맨발로 걸어온 길이 천 갈래 만 갈래 또렷하다

뒤엉킨 밥풀조차 수련인 듯 뽀오얀 진흙밭이다

느린 우체통

봄비 맞으러 나갔는가
박새, 집을 비웠다

강원도 홍천군 종자산길, 박새는
이 숲의 바다를 제주왕나비처럼 날개가 해지도록 건너
갔을 것이다

박새의 발자국처럼 봄비가 찍힌다

발자국 따라 바다를 떠나며
6개월 뒤에 떠난다는 우체통에 봄비 두 통을 넣었다
편지의 느린 걸음이 마음에 썩 내키진 않았다

지금 내가 항로를 벗어나진 않았는지
가을쯤 물어볼 생각이었다

돌아보니 박새의 집이 우체통을 닮았다

제
2
부

저수지

김치찌개 냄비에서 고기가 또 낚이는 것이다

밥그릇은 어언 밑바닥이 들여다보이는데

둘이나 셋쯤 끝날 줄 알고 푹, 푹 숟가락질 했는데

냄비 기슭에서조차 돼지비늘이 튀는 것이다

물속이, 주인 여자가 두어 길 저수지여서

진흙에 빠진 듯 오도 가도 못하는 것이다

문병

보령 가는 길,
눈보라다
산모퉁이 돌자 끊어질 듯 길이 위태롭다

아픈 이 찾아가는 길은 이렇듯 길이 먼저 아프다
모퉁이마다 굽은 등뼈의 신음이 들린다

길 사라져 이제 어느 길이든 찾아갈 수 있겠다
행여 길 잘못 든 봉창 안에선 언 손 부비는 소리가 들릴
것이다

그 언 손들 녹아 길 따뜻해졌다
저 눈보라 오늘까지 맨발인 까닭이다

그러나 지금 길은 아프고, 신음조차 뜨거운
보령 가는 길,

굽을 등도 없는 꼽추 형님은

털신 벗고 드러누워

왕릉 같은 등을 온종일 펼치고 있겠다

가슴을 맞았다

바람이 창을 열었다
서둘러 모과밭으로 갔다

가슴으로 모과 한 알이 툭, 떨어졌다

—바람 부는 대로 나도 언젠가 모과처럼 떨어지면 좋겠다
지난 가을의 독백을 엿들은 게 분명하다

시월,
여러 해 전 처음 모과를 수소문한 그 시월
내게 모과의 거처를 귀띔해준 대화공단근로자복지회관
경비 오 씨,
눈사람에 종종 국화 배꼽을 꽂아둔 오 씨

연탄가스를 마셨다
오늘 새벽,

아내 둘 상처하고 떠나고, 아직은 견딜 만해서 봄부터 배
꼽을 키웠을 오 씨
　떨어지면서 누구의 가슴을 때렸을까

　—바람 부는 대로 나도 언젠가 모과처럼 떨어지면 좋겠다
　해묵은 독백에서 연탄가스 냄새가 난다

　어디서 눈사람 소식이라도 엿들었는지
　모과 한 알이 툭, 떨어졌다
　나를 겨냥한 것처럼 명치를 뚫고 지나갔다

돌

신포우리만두 열무비빔밥에 돌 여섯이 둘러앉았다
생강, 마른 수세미, 구부러진 못
닮았다

눈 맞고 별 맞고 인간에도 얻어맞아 저 곡선 얻었을 터
살 닿으면 자갈자갈 흉터들이 터질 듯하다

어느 명장이 먹줄을 때렸는지 둥근 몸의 주름살이 등고
선처럼 곱다
까마득히 깊다

저 겹겹 속으로
귀뚜라미가 울고 쌍둥이가 떠나고 뽕나무가 자라고
여기까지 떠내려온 물결 같은 길이 흐르고, 그리하여

돌 같은 침묵이다
맨발로 넘은 만악(萬嶽)의 여정 끝이 저 열무비빔밥이라

는 듯

한 입, 한 입 침묵이다

고구마 누룽지

동쪽 호숫가 신하동, 홀아비 김 형은 오늘 저녁도 양은 주전자에 고구마를 삶으려는가.

뒤란 모과나무 아래엔 모과뿐이다. 어제보다 서너 알 늘었는가 싶고 줄어든 것도 같다. 구태여 셀 까닭이 없다. 어차피 속 뒤집어진 김 형에겐 찬밥인 놈들.

이 호숫가에선 무엇이든 호수를 닮는다는 것, 가령 삶은 고구마를 씹으면 호수 냄새가 난다든가 가지 끝에 매달린 늙은 모과와 호수가 동심원을 이룬다는 게 중요하다.

호수에 핏줄을 댄 나무들처럼 김 형의 날숨에선 사계절 물안개가 핀다. 그것도 주목할 일이지만 반쪽뿐인 폐가 그렁그렁 흘린 눈물이려니, 생각하면 왼쪽 가슴이 아프다.

떨어지는 모과를 다 받아 마셨는지 호수는 온통 물뿐이어서 눈물이 난다. 삶은 고구마 속 같은 눈물이 난다. 호수는 모르는 척 깊어가는 중이다.

 고구마를 닦으면서 김 형은 호수에 잠기고 있다. 늦가을
저녁이다. 모과나 고구마 같은 호수를 닮은 이들이 저마다
밥상을 차리는, 생의 한 순간 극진해지는 저녁이다.

 김 형은 오늘도 양은 주전자 밑바닥에 눌어붙은 고구마
누룽지를 나에게 긁어 주려는가.

호수 가정식백반

백반 쟁반 두 판 거머쥐고 발발발, 배달 가는 동현 엄마
는 장수하늘소다
팔뚝은 뿔, 다리는 갈쿠리다
토란국생선찜누룽지, 파문 한 점 일지 않는 수평이라니
저 수평이 장수하늘소를 호수 뒷골목까지 끌고 왔다

스크린 골프장, 카센터 밥그릇 쓸어 모아 뿡뿡뿡, 달려가
는 상주댁은 소금쟁이다
축지법으로 단박에 물 건너간다
그 속도가 아니면 익사라도 할 듯하다
부랴부랴 소금쟁이 좇아가면 꾸룩꾸룩 꾹꾸, 호수는 청
둥오리 숲이다

벌목장에서, 아파트 공사 현장에서 호수 건너오느라 깃
털 절반이 얼어붙었다
밥상 밑에서도 물갈퀴를 휘젓는지 탈탈탈, 밥상이 떨린다
다시 호수 건너려면 어떻게든 깃털을 녹여야 되므로

당장 소금쟁이라도 삼킬 기세다

소금쟁이와 청둥오리가 한 몸이 되면 입춘까지는 호수
에서 견딜 수 있을까
꾸우꾹, 청둥오리 숲 흔들리는데
쟁반 든 장수하늘소 다시 수평이다

달력

―색시, 달력 나왔어?
―며칠 더 기다려야 돼요, 할아버지.

지게송장으로 떠난, 아버지의 형님을 꼭 빼박은 중늙은
이가 농협 달력을 못 얻고 돌아간다
12월 달력처럼 이제 한 장만 남았는지 몸이 얇다
가으내 밟았던, 물 마른 호수다

저 호수, 아흔 넉 장쯤 가을 뜯어냈을까

돋보기를 쓰지 않아도 숫자가 훤히 보이는 달력은
물이 철철 넘치던 호수의 젊은 시절 문풍지가 되었다가
벽지가 되었다가 요강 받침이 되었을 터인데

뼈만 남은 호수
이젠 무슨 소용이 있을까, 궁금해지다가

나는 그래도 한 세대 남짓 강변에 살았던 깜냥으로
석삼년 가뭄에도 강의 밑바닥 못 본 까닭으로
사막 같은 저 호수가 품고 있을 물의 깊이를 가늠해보는
것인데

급한 가을밤, 내게 그러했듯
아버지 형제의 똥구멍을 긁고 지나갔을 달력에 이르러
그만 스르르 눈이 감기고 마는 것이다

젓가락

남산골 황태탕 밥상이 넓고 길다

하룻밤 묵겠다고 작정한 순천 사람은 밥상 대각선, 내 앞
의 묵사발까지 젓가락질을 한다
팔이 짧아 그예 접힌 무릎을 펴고야 만다

아하, 바라보자니 젓가락도 엉덩이 들고 무릎뼈까지 펴
는 것이다

오늘밤 젓가락이 왕복한 대각선이란 순천에서 서울일 터
풍찬 노숙으로 서너 번쯤 척추가 접혔을 터

저 늙은 육신이 짐승이며 풀이며 매운 놈 뜨거운 놈 껴안
고 내치는 것이니
아예 무릎 펴고 살아가는지 모른다

무릎 꺾이면 마지막인 줄 꿰뚫고 있는지 모른다

그물

역 앞 중동 골목은 고군산열도다

수도여인숙 원앙여인숙 부자여인숙 이쁜이집……
섬과 섬 사이 그물 촘촘하다
그물 하나 내 아가미를 휘어잡는다

―아저씨, 2만원이야. 이쁜 애들 있어.

어머니보다 늙은, 뼈만 남은 그물이다
저 그물 하나로 일생 한 우물만 팠으니
사막 같은 생의 어디를 찔러도 바닷물이 솟겠다

―쉬었다 가. 들어와 보고나 가.

지폐 두 장이면 누구라도 닻을 내리는 고군산열도,
아저씨도 이쁜 애들도 섬조차도
쉽게 빠져나가지 못하는 그물이 있다

머리카락 숫돌

경부선 굴다리 옆 철거촌
간판 떨어진 미용실,
 열아홉에 집 떠난 큰누님 영락없는 미용사가 노파의 백
발을 다듬는다

잔설 희끗희끗한 백발의 언덕, 맨발로 오르내리는
다 늙은 손가락
일생 머리카락 숫돌에 연마한 마디마디 옹이들이
가위처럼 빛난다

무엇인들 숫돌에 갈아낸 생이 빛나지 않겠냐만
일념으로 자르고 비워서 채운 생이
백발처럼 눈부셔
낡은 벽, 떨어진 간판 자국이 도리어 환하다

저 빛에 이르기까지 손가락 갈아낸 숫돌 이어 붙이면
경부선 왕복 철길로 넉넉하겠다

그 철길, 그 기적(汽笛)에도 눈 끔쩍 않던 간판 떨어지고
손가락마저 굴다리 밖으로 뜯겨나가겠지만
저 큰누님, 열아홉부터 꿰뚫고 있었으리라

무엇이든 생의 한 점 빛이 된다는 것,
숫돌처럼 소멸한다는 것

그러므로 내일이나 모레 백발의 숫돌마저 사라질 줄 안
다는 듯
늙은 손가락
지금, 애틋하게 부시다

웃다

지하철 4호선 충무로역에 앉아 만원 열차를 보내고 열차
를 기다린다

—아……, 배고파
옆자리 여자의 목소리가 십 리는 가라앉았다
가까스로 입술을 떼는,
마른 몸을 톡 튕기면 주르르 뼈들이 흘러내리겠다

—엄마, 참아
엄마의 옆구리에 파묻힌 형제가 이구동성이다
둘이 합해 열 살쯤 될까
참을 수는 있을까

엄마도 형제도 더는 가라앉을 바닥이 없는 지하철
여자는 침묵이다
여자와 나 사이 한 뼘 거리가 건널 수 없는 심연이다

몸집 큰 여자가 심연 속으로 철벙철벙, 안개꽃을 안고 걸
어온다
꽃다발이 여자의 얼굴을 다 가렸다

—애들아, 저 꽃 봐
꽃을 향해 엄마가 일어선다
꽃에 대한 기억이 사무치는지 숨죽여 웃는다

열 살이 따라 웃는다
나도 웃는다
열차가 웃고 꽃이 하얗게, 하얗게 웃는다

쑥색

부산 중앙동 가서 시집 받아보니 쑥색이다
떡시루에서 막 꺼낸 쑥떡,
말랑말랑한 쑥색이다

아프리카 사막 휘돌아 영도 산복도로 오르내리는 시인
보다 먼 길 걸어온 듯
쉰셋, 생의 발바닥마다 쑥물 든 듯
열어도 닫아도 쑥색이다

저 쑥색의 바다 속으로 시인의 낙타 백 마리쯤 헤엄치겠다
자유의 물고기들 도보 고행이겠다

그리하여 쉰셋의 살점이란 어디를 잘라내도 모름지기
쑥색이라는 듯
시집의 수면부터 심연까지
천연 염색 같은 쑥색이다

약

백제장례식장 가는,
길은 바뀌어 옛길이 되었다

이 길 아니면 돌아올 수 없는 사람의 길이 되었다

아픈 이 없는 강변에 어찌 남아 있나,
대성당약방

옛길로 아픈 당신 붉은 신음 같은 약, 간판 아래

까스활명수 까스활명수,
급한 발자국 소리 들릴 듯

이 길 못 잊어 아예 떠나버린 사람의 길이 되었다

절

대둔산 오르막 삼거리, 노점상 여인이 인사한다. 차를 향
해 열 배 스무 배 한다. 허리가 반나마 접힌다. 골짜기처럼
깊다. 깊어서 빠져나오기 힘들다. 천 원 주고 옥수수를 받
는다. 무연한 여인의 절을 받는다. 안심사 10킬로미터……
절이 따라 온다. 일주문까지 동행하려나. 열번다방 앞 갈림
길에서 절이 주춤한다. 어디로 가나. 옥수수 품고 가는 내
게로 오나, 나를 품고 가는 옥수수에게로 오나. 안심사 2킬
로미터, 저만치 절이 앞서 간다.

문신

　시월의 추억식당 달력은 팔월이다. 어항 위에 앉아 있다. 금붕어 떠난 마른 어항. 물속처럼 고요한 팔월이다. 기다리는 이 오지 않았나보다. 셋째 주 화요일의 붉은 동그라미, 채송화처럼 붉다. 염천이다. 터진 입술 아무도 눈치 못 챘다. 견뎌야 한다, 견뎌야 한다. 식당 여인과 통정한 거다. 두 달째, 팔월은 뜨거운 노숙이다. 저 동그라미, 신문지 깔고 앉아 생살에 붉은 먹물 먹인 거다. 염천 떠나려 발바닥 하나가 다 탔다. 원이 풀어주지 않은 거다. 팔월의 밥상, 팔월의 어항, 팔월의 남자, 제자리인 까닭이다. 시월에 단심, 단심 팔월인 저 여인.

연탄구멍을 맞춘다

안동시 풍산면,
한밤중 능선이 선연한 산 아랫집
날은 춥고 발가락이 시리다
시인은 천마주(天麻酒)를 꺼내 놓고 일어선다

—방이 찹네

뒤꼍 아궁이에서 연탄구멍을 맞추며 십오 촉 불빛처럼
시인은 떤다
아, 이 어둠, 이 골짜기에서조차 아래 위 가지런히 맞추
어야 할 구멍이 있는 것이다
떨림이 있는 것이다

저 떨림과 구멍이 내 하룻밤을 덮여줄 것인즉
몸 어느 구멍에선가 불이 솟는 듯 뜨거워진다

오늘밤 어쩌면 시인과 내가 한 몸으로 붙어버릴지도 모

르겠다

　연탄집게로 두드리고 쑤셔도 떨어지지 않아 몸통이 부
서지는 꿈이라도 꿀 것 같다

　그러나 구멍이 어긋났는지 시인은 밤새 쿨럭이고
　천마주만으론 세한을 견딜 수 없으므로
　잠결인지 꿈결인지 나는 일어나
　웁, 숨을 멈추고 연탄구멍을 맞춘다

평화쥐약이라도 나는 좋은 것이다

자갈치행 지하철 1호선
후다닥 들이닥치는
평화

시간에 쫓겨 밥상에 숟가락 던져두고 달려온 사람 같은
중년의 검푸른, 낡은 점퍼 왼쪽 가슴에 빛나는
금빛 평화

무엇일까
금실로 한 땀 한 땀 새겨놓은
저 두 음절의 추상 속 바닥을 들여다보고 싶어
나는 자갈치를 포기한다

도대체 무엇일까
저 궁핍한, 빛나는 평화는

평화연탄평화용접평화벽돌평화멸치평화고무신평

화……

　쥐약이라도 나는 좋은 것이다

　평화의 실오라기라도 베어 물고

　쥐약의 독기가 온몸에 전이되어도 좋겠다는 것이다

　그리하여 내 몸의 숙주로부터 감염된 평화 떼,

　평화촛불평화철거평화물대포평화밥상……

　비둘기처럼 내게 한사코 달려드는 역 광장 노숙자의 부러진 발톱까지

　평화라면 좋겠다는 것이다

　자갈치행 지하철 1호선

　후다닥 뛰쳐나가는

　평화

도둑 숨

이것 좀 봐. 보이지? 나는 앞가슴이 커서 절반은 뒤로 넘겼어. 가슴이 두 개야. 반반 나누었는데도 벅차서 숨이 가빠. 그래서 꼽추는 수명이 짧은 거야. 내 또래는 나 혼자 살아남았을 겨. 쉰아홉이면 이미 죽은 목숨이지. 〈보리피리〉한 곡 부르는데도 숨이 차서 도둑 숨을 쉬어. 내가 도둑 숨쉬는 거 아무도 몰라. 남보다 두세 번 더 숨 쉬면서 사는 거, 명줄 앞당기는 거, 나밖에 몰라.

제3부

쌀밥

충청도 칠갑산 터널 지나 '바닷물손두부집'을 다녀왔는데요

숲속의 바다, 바다의 손……

마주 앉아 보리밥 먹은 바다에게 안부 편지를 썼는데요

옛정의 쌀밥이 그리운 사람이……

끝인사 하고 보니 그래, 그 쌀밥 한 그릇 얻어먹자고 쉰을 넘겼나보더라구요

쌀밥 한 술 다급해 보리밥 몰래 목 메었나보더라구요

월담

　사나흘 장독 곁 서성대는 풍로초의 거동 힐끗거리자니 꿈결인 듯 뒤숭숭하다

　동장군 스러지면 귀안인 척 장독 뚜껑 위로 날아갈 꿍꿍인 줄 다 안다

　매화 한 분, 적상(赤裳) 끝자락이 늙은 겨울의 담장을 거지반 넘어섰다

　나는 풍로초에게 그러했듯 힐끔힐끔, 담장 높일 한두 치 높일까 궁리 중이지만

　실은 나 먼저 넘어설 담장 빼앗기고 부리는 시샘은 아닌가 우려도 드는 것이다

기찻길 옆 오막살이

태안 땅끝마을 만대항,
하마터면 잊을 뻔했다는 듯 내 뺨 어루만지는 바다의 손
을 잡고 속삭인다

그렇다면 바다여, 내가 너를 기차라 부르면 안 되겠나
파도를 미카 화차라 부르면 안 되겠나

처음 만난 여섯 살의 설렘으로 네 곁에 머무르면 안 되겠나
괴나리봇짐을 쌌던 그 밤처럼,

너는 밤마다 시퍼런 무쇠 바퀴를 굴리며 지나가고
어느덧 늙은 어린이는 종종 뒤척이겠지만

철길 옆, 방 한 칸 들이면 안 되겠나
바다여, 내 지붕은 조개껍질처럼 작고 낮으리니

눈사람의 나이테

　어려서 말발굽 같은 흉터가 발등에 찍히고부터 나는 차마 내 살점 도려낼 수 없어서

　들여다본 기억조차 가물가물한 내 나이테가 마흔아홉인지 쉰셋인지 어림짐작할 뿐인데

　감자 껍질 벗기는 놋숟가락, 그믐달이 다 된 동갑내기의 나이테만 은근슬쩍 엿보는 것인데

　저, 둥근
세월의 파문이라니!

　나는 또 뼈만 남은 바늘의, 배냇저고리의 나이테를 호시탐탐 두리번거리는 것인데

　문득 내 어깨 툭 치고 가는 사람, 지나새나 겨울을 지키고 섰는, 화수분 같은 사람

저, 순백의 나이테

두근두근 훔쳐보는 것인데

맨밥

세월도 세 끼 밥처럼 싱겁게 간을 맞춰야 균형이 잡힐 듯 등이 기운다

턱이며 어깨뼈가 예각이 되면서 짠 것들은 대개 스스로 떠났다

시나브로 입이 짧아졌다 몸 가벼워져 어디로든 쉽게 떠날 수 있을 듯하다

아껴 먹은 햇살 몇 술 간장 종지에 담아두고 집 밖으로 나선다

파리 두 마리, 달포 굶은 놈처럼 마른 개똥에 엎드려 숟가락 꽂는다 찬그릇이 보이지 않는다

무덤 같은 저 밥그릇, 눈살 찌푸리지 말자 나도 속 뒤집혀 밥 앞에 오랜 세월 엎드려 있었나니

저 맨밥은 또 얼마나 짤 것이냐, 목젖이 아리겠느냐

살색은 살색이 아니다

살색이란 배운 대로 사람의 살색인 줄만 알았으니

꽃의 살색 쌀밥의 살색 그림자의 살색 어둠의 살색……

이 어마어마한 살색들 몰랐으니

참 우매한 일이다

강화도 길상면에 와서야 나의 살색을 폐기처분했으니

길상면 452-1번지 옛집 한 채, 거기 집의 살색이란

살색 크레용을 곱게, 빈틈없이 칠해놓은 듯

옷 얇은 집 주인 함 씨, 속살까지 물든 살색이었으니

말랑말랑한 시의 살색이었으니

분홍입술흰뿔소라

무슨 말 감추려 저리 크게 입 벌렸나

아, 하나만으로 세상을 견디려는가

차마 못 견디는 말은 흰 뿔로 돋았나보다

사람의 사막 떠나 바다에 와서

분홍입술 속 귀 기울여보는 거다

아아아, 침묵의 파도에 잠겨

나도 분홍입술 가져보는 거다

입 둥그렇게 벌려 말문 닫아걸고는

이마의 흰 뿔 세워보는 거다

호수를 위하여

빗발 굵어져 호수 간다
비 내리면 왜 자꾸 호수에 가는지 아무도 묻지 않아 말없
이 간다

나는 사실 호수가 물속에 잠길까 두려워 물 따라내려고
간다
비스듬히 사진 찍으러 가는 것이다
호수가 놀라지 않게, 달아나지 않게
달래주러 가는 것이다

빗발 굵어져 해바라기 잎이 뚫린다
이쯤이면 호수는 보이지 않는다
빗발에 지붕이 무너진 망초꽃이나 애호박의 어깨 너머,
멀찌감치 호수겠지만
정작 장대비 속에선 여기 저기 다 호수다

그러므로 나는 호숫가 어디든 장화 신고 다소곳이 걸어

가면 된다

　빙어장수 안 씨는 걱정하지 않아도 된다

　여름내 굶다가도 호수만 바라보면 배부른 사람이므로,

　폐가 김 형의 안방 낙수 소리도 못 들은 척 지나치면 그
만이다

　오늘도 주전자에 묵은 고구마를 삶을 것이다

　호숫가에선 김 형이나 안 씨처럼 누구든지 물에 잠기지
않는 법을 안다

　제 깜냥만큼 물을 채우고 버릴 줄 안다

　세상의 물 다 끌어안은 호수 혼자 자맥질하므로

　김 형의 안방 빗물을 퍼내듯 호수를 따라내면 된다

　언제 왔는지 팔다리가 다 젖은 나비가 앞장선다

　지난 비에 내 뒤를 밟던 나비? 물으려다 그만 두고 간다

　나비는 말없이 나를 찍을 것이다

　물속에 파묻힐까 비스듬히 걸어가는 나를 놓치지 않을

것이다

아무래도 상관없다
나는 다만 생각보다 빗발이 굵어지는 호수를 바라보며
호수의 기울기를 수정하면 그만이다
호수가 놀라지 않게, 달아나지 않게
셔터를 누르기만 하면 된다

똥 누고 가는 새*

고작 한 줌도 못 되는 놈이 밀양 만어사(萬魚寺) 내리막길
에서 내 발목 뒤튼다
　벼랑 끝으로 내몬다

　무슨 필연이 있는가, 이 숲의 바다, 물고기 떼에 놀라 나
처럼 다리가 풀렸는가
　떠난 자리를 들여다보자니

　아하, 길 가로막으려던 게 아니었다
　어제 먹은 밥, 어제 먹은 시, 어제 먹은 이름 한 무더기 쏟
아내고 곰곰 새겨보자니

　먼 길 가려고 몸 비우는 중이었다
　오십 년 고여 있는 저수지, 내 몸 속 들여다보고 날아간
게 틀림없다

————————————

* 똥 누고 가는 새 : 임길택의 시에서 빌려 씀.

83

채송화

사람아,
채송화를 불렀다
이 사람아

가까스로 눈을 떴다
호숫가 집에서 떠나와 앞이 캄캄했을 것이다

나도 객지 사흘이면 자진(自盡)하듯 입술이 타는 것을

가을볕 쪽으로 깊이 밀어두었다
애초에 데려오지 않았으면 애탈 이유가 없었다

내 안에 우주 하나를 들이는 일인 줄 알았던들……

사람아,
채송화가 불렀다
이 사람아

감

그제 눈 맞은 저 감
어제 눈 맞은 저 감
오늘 눈 맞은 저 감

나도 사흘쯤 매달려 눈 맞을 나뭇가지 하나 그대에게 허
락받고 싶다
그러면 아주 행복해져서
붉게 붉게 뼛속까지 얼겠다

곧 소식이 닿으리라
징그럽게 눈이 또 내린다

살

　정선 강원여인숙 공중화장실에서 마주친 벌레가 내 신
발 감춰둔 9호실 문지방을 넘어설 때까지
　내가 집을 떠나 세 끼 밥 먹고 덜덜 떨며 9호실에 잠긴 것
처럼 그도 1박 2일 시린 손으로 문고리 닫아걸 때까지

　기다려야 한다

　세월이 대수랴
　떠도는 놈끼리 살 부비면 그만인 것을

　구절리역 앞 대성집 간판의, 비둘기호 막차 몰래 발라낸 생
선뼈의, 엄지발가락에 고드름 매달아놓은 구절리여인숙의
　살 못 잊어
　구절리에 와선
　살 한 점 못 대고 가는 길,

　나를 유혹한 광부 문 씨의, 똥골 사택을 뛰쳐나와 영영

놓쳐버린 첫 남자의, 무사한 나를 향해 껄껄대던 동원탄좌
늙은 광부들의
　살 잊힐까
　사북에 와선
　시꺼먼 눈발에 젖어 돌아가는 길,

　내 생의 열대여섯 해란 너무 짧은 세월이었구나, 싶다

　그리운 살들이 폐광처럼 묻혀가는
　쉰넷의 정초,

　강원여인숙 벌레 한 마리라도 좋구나, 싶다

나무

봄 여우비에 나도 나무들도 몸의 얕은 웅덩이 어딘가 빗물이 고일 듯한 산중턱,

아이 업은 여인이 산을 오른다
비 마중하듯 여인의 걸음이 느리다

산을 내려오는 나는 등산복에 얼굴만 뚫어놓아 찰랑찰랑 빗물이 고여도 견딜 만하지만
모자(母子)는 온몸이 연못이다

하필 식목일이고, 난데없는 비는 어쨌거나 안성맞춤이라지만
가랑비라도 아이에겐 솔잎 같은 빗줄기인 것을

여인이 모를 까닭이 없을 것이다
내가 모르는 까닭이 있을 것이다

썩지 않는 나무 한 그루 세상에 남기고 싶은 사람들
산에 올라 스스로 나무가 되는
그 식목일 같은 식목일,

아이의 팔다리가 묘목의 실뿌리 같다
해마다 이즈음의 숲이 무성해지는 까닭을 짐작할 만하다

하늘도 나무 한 그루 심어두고 싶은지 은근슬쩍 실뿌리
를 내리는 산중턱,

나처럼 마른 몸에 물을 가둔 사람들 몇 그루,
모자의 연못 너머 숲에 서 있다

직선 옷 한 벌 입고 싶다는 생각

고양이 한 마리 4차선 국도 중앙 분리선 위에 누워 있다

방금 점심 먹고 오수를 즐기듯
배를 깔고, 네 다리는 곧게 편 채
저렇듯 평화롭게 눈 감기도 힘든 일이다

황색선 위 오롯한 저 주검은
외줄을 타듯 아슬아슬한 풍경으로도 보이겠지만, 어찌
됐든
이처럼 거대한 문상 행렬을 본 적 없다
자동차와 꽃잎과 모래폭풍이 끊임없이 머릴 조아리며
다녀간다

보람아파트 7주차장 흰색 차선 위에 고추잠자리 한 마리
누워 있다

저 극명한 색채 대비란

삶과 죽음의 경계 같기도 하여서 문상하듯 눈을 낮추어
보자니
나는 생사의 경계가 아니라
온화한, 단출한 주검의 풍경에 대해 차츰 골똘해지는 것
이어서

나도 언젠가 내 몸에 겹겹 휘두른 곡선들 풀어내고 직선
하나만을 수의처럼 걸쳐보자는 생각이다

그땐 아무 전조도 없이 인연의 끈 끊겼을 터,
문상 행렬 따윈 정녕 내가 몰라도 되는 일이다

모과

　책상 위에 모과를 올려놓았더니 사람들이 처음 보는 물
건처럼 모과, 한다
　그게 모과인 줄 뻔히 알면서도 모과, 하는 입 모양이 좋
아 나도 모과, 한다

　어제 대화공단근로자복지회관 뒤꼍에서 정강이뼈 찍히
며 동동거렸던 그 모과다
　몇몇 잘 생긴 놈 골라 앞집 주고 못난 놈들 손발 맞추어
어머니 경대에 모셔두며 모과, 했다
　금붕어야, 너도 가을이다……
　썩은 귀퉁이 돌려 감춘 놈 금붕어 머리맡에 슬그머니 밀
어두고 모과, 했다

　뒤꼍에서 누우렇게 떨어진 모과 떼를 발견하곤 바람 불
면 모과처럼 떨어지면 좋겠다, 했다
　익어서 떨어지고 무거워 떨어지고, 생선구이 집에서 보
일러공 시인과 지껄이던 노동도 시도 자전거도

한 마리 남은 금붕어마저도 누가 흔들지 않아도 제때에
떨어지면 좋겠다, 했다

귀퉁이가 썩은, 싯누렇게 익은 가을과 불면과 숟가락을
올려놓고 아주 낯선 이름을 외우듯 모과, 한다

허공을 끌고

가슴 속에 오천 권의 문자가 있어야만

비로소 붓을 들 수 있다*

통증의학과에 누워서 가슴의 책장을 연다
진눈깨비 퍼붓는 바위산에서 미끄러진,
저만치 이순(耳順)의 능선을 바라보는 내 책은 절반이 비
었다

산정에 오늘 때마다 책장 뜯어낸 탓일까
가슴 속 허공 끝에 소나무 한 그루 서있는 듯
빈 책이 무겁다

모를 일이다, 빈 책이 이토록 무거운 까닭은
기저귀 찬 아버지처럼 항문이 터져 속이 다 빠져나오면
가벼워지려나
모를 일이다

떨어진 책장을 꿰매듯 꽂혀있는 침 끝에서 신음이 들린다
욕망의 붓끝으로 갈겨썼을 문자의 몸통 어디,
그 흉한 것에 침 끝이 닿았는가

모를 일이다

저 신음으로 빈 책장이 무거운지

책장 속에 한 층 한 층 쌓아올린 허공의 무게인지 모를
일이다

----

* 추사 김정희의 글에서 빌려 씀.

몰래 몰래

봄부터 훔쳐보던 담 너머 모과꽃이었어요

때를 기다리자, 좀도둑처럼 힐끗거리다 때가 되어 집 대문 밀치고 들어갔어요
—모과 한 알만⋯⋯
늙은 주인에게 허릴 굽혔더니 이게 웬 잡놈인가 싶어 떨어진 것이나 주워가라, 일갈하더이다

—몰래 한 알⋯⋯
젊은 며느리가 빨랠 펄럭이며 내게 속삭였어요
얼굴이 모과꽃 같아서, 나는 돌연 엉큼해져서
몰래 몰래 모과꽃 한 송이 품고 달아나다 대문턱에 걸려 휘청거렸는데요

몰래 몰래가 손 내밀어 가까스로 중심을 잡아주더이다

제
4
부

죽순(竹筍)

비가 그쳤다

계룡산 기슭에서 아내가 나어린 죽순을 캐왔다
애송이들 품고 오느라 작은 젖이 다 젖었다

젖은 젖은 아랑곳없이 껍질 벗기자 껍질뿐이다
껍질 쓸어 담는 아내의 손가락이 댓가지를 닮았다

나는 숨죽여 무릎을 쳤다

아내는 비가 마른 지 오래되었고 죽순은 비가 막 그쳤을
뿐이었다

고추잠자리

장대비 틈새 햇볕 같은 놈,
시뻘건 놈이 우산 끝에 날아올라 우산도 없이 소나기를
맞는 겁니다

기우뚱기우뚱 흔들리는 게 허리를 삐끗한 것 같아서
나 혼자 우산을 펼친 게 아무래도 죄만 같아서

—저것들 높이 떼 지어 날면 큰비가 드는 거여,
저것들이 할머니 말씀 속에서나 날아다니는 줄 알았던
나를 비웃다가

이상하다, 이상하다
저 붉은 것이 왜 맨몸으로 비를 맞을까
하필 내 곁에 머물렀을까

꽉 찬 것도 같고 텅 빈 것도 같은 저 몸, 저 떨림은

일흔여덟 어머니처럼 춘천 작은오빠 부음 듣고 주저앉
아 우는 것,
작은오빠 곁으로 날아가기 전 늙은 젖을 닦는 것은 아닐까

짐작도 못 한 겁니다
이 느닷없음, 돌연함이란 장대비 틈새 햇볕처럼
생의 한 순간 극명(克明)인 것,

머리 긴 놈

나, 속 망가졌다는 핑계로 허구한 날 암자 같은 고층 아
파트에 갇혀 면벽했는데 어쩌다 사람 그리워 마을로 내려
갈 때,

또 귀신 같이 머리 긴 놈과 어울리냐! 차마 아프다 소리
못하고 시나브로 스러져가는 아버지, 벌떡 솟구친다. 아버
지에겐 나를 쓰러뜨린 게 배 속이 아니라 머리 긴 놈이었던
것, 봉두난발로 휘청거리던 놈들이 귀신이었던 것.

해서, 효자인 척 밤 이슥토록 귀신들의 면면을 떠올려보
는 것인데, 시인 김과 소설가 한과 사진가 조부터 벽돌장수
정과 보일러공 이와 왕손숯불갈비사장 강과 미완의 혁명
가 문까지를 되짚어보는 것인데,

그리운 사람들은 하나같이 귀신이었더라.

해서, 못내 쓴웃음이 터지는 것인데, 실은 아오지며 청진

항이며 부관연락선이며 시장 바닥 두루 섭렵한 아버지도
머리 긴 놈이었으니

나, 머리 긴 놈 아니었으면 그리운 사람들 아예 없었으리.

장독대

장독이래야 굴리다 만 눈사람만 한 것 예닐곱 개뿐인 장
독대
나는 앞뜰이라 목청 돋우고 어머니는 뒤꼍이라 되새김
하는 아파트 베란다

둘이 앉으면 엉덩이가 부딪치는 장독대에 간장독의 메
주처럼 어머니와 포개어 앉아
나는 햇볕에 취하고 어머니는 간장 냄새에 취하고, 취할
대로 취해서 흔들리면
어머니 몰래 꽃밭 만들까 꿍꿍이인 나 몰래 새 장독 들일
까 암중모색인 어머니

첫돌 못 넘겨 떠난 쌍둥이 아우, 쌍둥이처럼 기저귀 갈아
차는 아버지
오늘까지 한 번도 들여다본 적 없는 장독대

그래서 입만 열면 어머니는 맵고 짜고 구리고, 그래서 오

남매가 맵고 짜고 구리고

나도 장독도 입이 타고, 그래서 하늘 한 대접 들이마셔야

간신히 잠이 드는 장독대

흑백 사진사

정월 초여드레엔 영동 산에 올라 쌀집 고모부 파묻는 사
진 찍고
선달에 먼저 누운 고모의 어깨 위로 올라가 흔들흔들 신
(神)들린 듯 찍고

손이 곱아 고모 품에 슬그머니 카메라 숨겨 두고 손 부비
고, 닭똥 냄새를 맡고
햇볕이 반짝, 들어 눈 꼭 감은 고모부의 환한 밥상도 찍고

이윽고 이 겨울산 내려가면 짐자전거 태워줄 고모부는
없고, 고모부 몰래 백동전 쥐어줄 고모도 없고
一·二·三·四·五 번호 맞추어 쌀집 문 여닫을 일은 아예
없고

곁이 비어선가, 고모부 앞에서 덜덜 떠는 오 남매, 三·一·
四·二·五 뒤섞인 뒤꿈치도 찍고
손이 또 곱아서 고모 품에 카메라 숨겨 두고 손 부비고,

주머니 속 백동전 톱니바퀴를 세어보고

생닭

불법 영업하는 닭집에서 닭 한 마리 잡아 나서는데 초롱
다방 아가씨들이 배드민턴을 친다

서른여덟까지 셋집 옮겨 다닌 여관촌 골목은
고요하거나 소란하거나 늘 이마마하여 코끝부터 쾽해지
는데
부러 골목 한 바퀴 더 돌아보는 까닭은 아가씨들 틈에 끼
어 배드민턴 치고 싶은 속내지만

꾹 참고 가야 한다
엄나무 삶아놓고 어머니 기다리신다

그 저녁만 아니라면 당장 배드민턴 채를 낚아채고 싶어
제자리걸음인데
내 맘 알아챘는지 아가씨들은 셔틀콕 버려두고 손 뽀뽀
를 날린다
셔틀콕은 막 끓는 물에서 꺼낸 암탉처럼 거지반 털이 뽑

히었다

　오오라, 닭집 달려가 내 닭털 주워 와서는 셔틀콕 만들어
주었으면
　그러면 아가씨들은 삼촌, 배드민턴 쳐요, 팔짱 낄 것을

　나는 못 이기는 척 어두워질 때까지 푸드득, 푸드득 날갯
죽지를 적실 것이며
　슬그머니 이름도 주고받을 것이며
　사흘에 한 번씩 투석하느라 닭털 뽑는 짱구 형님 왕년의
전설도 풀어놓을 것이며

　그러면 엄나무닭이고 배드민턴이고 다 잊고 초롱다방 병
아리 같은 아가씨들과 고향이며 눈물이며 쏟기도 할 것을

콩밭을 지나며

콩밥 좋아하는 나는 심심찮게 뒷골목 '콩밭칼국수' 집 지
나다 유심해져서
　하루는 슬쩍 들여다보니 콩밭이다
　깡마른, 다 늙은 콩꼬투리들 왁자지껄 콩알 튕겨낸다
　삼 남매, 오 남매, 팔녀 일남
　사통오달로 튕겨낸다

　저 콩알들 둥글게, 단단하게 어루만지느라 삭신이 면발
처럼 늘어진 것,
　안 봐도 훤하다

　내 어린 날, 날콩 씹던 날
　어머니의 콩밭 찾아가듯 코끝이 매워져 그만 콩밭을 훔
쳐보았던 것인데
　예나 지금이나 콩밭이란
　콩알 다 튕겨내고도 절절한 나머지
　소신공양하듯 타닥타닥 콩깍지 타는 소리를 내고야 마

는 것이다

소나기

고향만 오면 소나기가 내리지
하필, 꼭, 소나기가 내리지

금산군 금성면 하류리, 비산비야(非山非野) 풍경엔 안성맞춤이야,
옥수수 곁에 서서 지켜만 보지

비를 피할 추녀도 없는, 고향에 와선 섣불리 돌아서지도 못하지
깻잎처럼 손바닥 벌려 빗방울 소리나 엿듣지

추녀 밑 떠나던 여섯 살인 듯 일곱 살인 듯
아버지 밤 봇짐 쌌다, 소문난 읍내 장터, 대고모할머니 따라가듯 설레기도 하지

짬도 모르고 천방지축 까부는 고추잠자리
방수 날갤 빼앗고 싶어라, 욕심도 나는

고향에 오면 한 번은, 꼭,
한바탕 껄껄대는 소나기 되고 싶지

밤

　나 어려서 삼 남매 연탄가스 마셨던 남산 꼭대기 집 겨울
처럼 섣달 초하루 밤은 춥고 깊어서
　이른 저녁밥 먹고 허기진 애들도 늙은 어머니도 밤 삶아
먹는다

　밤이라는 게 생밤이든 삶은 밤이든 요령 없이 먹으면 허
기만 돋우는 법,
　껍질째 씹어 먹던 애들은 일찌감치 뒤로 자빠지고 틀니
도 없이 속살 파먹던 어머니는 그예 껍질 빨아먹는다

　저 지경이면 낼 아침엔 노루모산 들이킬 게 뻔한 노릇,
닭 똥구멍 같은 입 바라보자니
　쾅, 쾅, 쾅, 느닷없이 부엌 판자문 두드리는 소리 들린다

　그 밤, 그러니까 나 어려서 인삼 광주리 이고 떠돌던 어
머니, 쾅쾅쾅, 남산 꼭대기 돌아온 겨울밤
　한 자루 쏟아놓은 밤, 삼 남매가 다 먹도록 밤 껍데기만

쓸어 담은 어머니

　어머니는 그 날 못 먹은 밤 오늘 먹는 모양이다
　일생을 참고 삶아서 틀니 없어도 목이 미어지지 않는 모
양이다

　섣달 초하루 밤은 산꼭대기나 고층 아파트나 춥고 깊어
서 삶은 밤이라도 한 소쿠리 까먹어야 새는 모양이다

신탄진 시장 닭집엔 기차가 산다

　장마철이면 쇠전이며 땅콩밭이며 조무래기들의 풋고추
다 잠기던 강변 마을의 옛 기차 소리 들으려 역전 육교에
오르는 한밤중엔 기차가 오지 않는다
　아직 역마 못 벗고 어디서 떠돌거나 잠들었거나 다들 발
바닥이 부르텄을 것이다

　닭집 궁금해 닭집 가는 장날엔 사람 궁금해 강 건너 맨발
로 달려온 토종닭들이 장터 가득 북적거린다
　닭 잡으러 와서 닭 냄새에 코를 막던 중년 남자의 제사상
에선 두 눈 치켜 뜬 암탉이 남자와 자정 넘도록 눈싸움을
할 것이다
　장날이면 닭들이 기적 소리를 내지르며 홰치는 이유를
마을 사람들은 다 안다

　아버지의 단골 개장수 여자보다 개장수 좌판의 파라솔
이 먼저 늙어 떠난 것은 대보름 대목장이었다
　바다는커녕 평생 고기 한 점 못 먹어본 파라솔이었으니

그럴 만도 하겠다 싶어 좌판 저만치 비껴가는 나에게 개장
수 여자는 여름내 말문을 닫고 산다
　장돌뱅이 아버지, 톱장수 이 씨가 지난겨울 떠난 줄 아는
눈치다

　개장수도 닭집도 역전 육교 너머 아버지의 장터에 있었
으므로 육교 넘을 때마다 나는 기차 소리를 피할 수 없던
것인데
　아버지 떠나고 파라솔 떠나고 토종닭들마저 뿔뿔이 흩
어진 지금, 닭집 찾아가는 장날이면 닭장 가득 시끄러운 것
인데
　파장 술에 젖은 아버지가 모가지를 비틀어온 그 기차 소
리 영락없는 것이다

송사리

—정옥연 傳

그 여자,
이른 아침 눈썹을 그린다
반쯤 달아난 눈썹이다
살이 물렁물렁해 쉽지 않다

시내버스 갈아타고 골다공증 약 타러 가는 날,
문신하듯 연필심을 세운다
눈썹 짙어질수록 송사리를 닮았다

물살 역류하는 송사리,
떠내려가지 않으려고, 너무 빨리 흘러왔다는 듯
필사적이다
물렁물렁한 경대 속에도 송사리가 떠 있다

춘천시 근화동 전장(戰場)에서 대전시 법동 골다공증까지
헤쳐 온 물, 유장하다
회귀하려면 한 생은 걸리겠다

포탄 자국처럼 뼈가 뚫리고도 남을 일, 알아챘는지
그 여자,
그 경대,
팔순끼리 마주 앉아 보름에 한 번씩 짙어진다

매실

넉넉잡아 한 세대쯤 우리 가족 이사철마다 즐겼던 손수레, 그 손수레 닮은 용달차에 실려 집 한 채가 동동 떠간다.

유월 열여드레, 영구 임대 한마음아파트 앞 네거리는 매실 천국이다. 바야흐로 매실절(節)이다. 매실 자루마다 신 마음, 한 마음이다. 이봐요. 용달차는 매실 앞에서 손을 흔든다. 식전에 부려놓은 매실을 발견한 눈치다.

나는 어제 화분에서 매실 네 개를 땄다. 스물한 살 큰딸처럼 살갗이 탱탱했다. 큰딸처럼 밤마다 유리창에 별을 그렸을 것이다. 그 생각 없이 따버렸다. 양분을 독식할까 봐, 가계가 기울까 봐 집 밖으로 내쳤다.

건너편 매실 옆에 어머니가 앉아 있다. 못 본 척 지나친다. 신맛끼리 얘기 나누는데 끼어들 틈이 있을까. 네거리 좌우에도 어머니들이다. 동네 신맛이 다 몰려나왔다. 스물한 살을 돌려 달라. 연좌 농성하듯 앉아 있는 매실들. 보수와 진보 없이 초록이 동색이다.

아, 생각 못했다. 용달차 지붕 아래 매실나무가 자라는지 모르겠다. 신맛이 있어야 뭐든 제맛이 나는 거여. 손수레 쪽방에 매실 한 그루 살았다. 그 늙은 매실, 아직 내 안에 있어 스물한 살을 내쳤는지 모른다. 그 생각은 못했다.

느림에 묶이다

장돌뱅이 톱장수 아버지 따라 코 흘리며 첫발 딛곤 느릿
느릿 걷다보니 아직 오일장 장터
　가짜 순대 가짜 좀약 가짜 비너스브라자 가짜 세월의 난
장판
　그 틈바구니,

　닷새 만에 만났는데 이렇게 막걸리 한 대접으로 끝나냐,
종점다방이라도 가야지
　생강들, 간고등어들, 내 손목 끌어당긴다
　홍금 털자는 듯, 이대로 작파하자는 듯 시장 바닥에 주저
앉는다

　누가 누구를 앞서 걸은 적 없는 방물장수태극기 마른멸
치 논산순대 봄똥 참나무괭이자루
　늘어선 그대로 뒤뚱뒤뚱 따라만 가는 강씨 임씨 마산댁
뻥구네 아랑이엄마 평국이삼촌

122

너나없이 뽕짝처럼 흘러가는 파장,

느려터지게 살아서 회갑도 못 맞은 큰누님, 서른댓 명은 지나쳐야

은근슬쩍 장터를 벗어나는,

아카시아

어젯밤 부들부들 손 떨며 쌀밥에 숟가락 꽂던 늙은 가장
이 보란 듯 꽃을 피웠다

상추쌈이 흔들려 된장 덩어리가 엄지발톱 위로 떨어졌
는데, 발가락이 떨렸는데

대추씨 같은 몸속으로 상추쌈 밀어 넣으며 젖 먹던 힘 쏟
은 게 분명할 꽃이 피었다

꽃씬 줄 모르고 된장 주워 삼킨 손자 놈 고추에도 몽글몽
글 꽃망울 맺히는 꽃이 피었다

아……

가을쯤 떠나리라 작정했는가
노랑꽃 한 송이, 죽은 듯 고요하다

―꽃이 가야 꽃이 온다
오월 초하루 아침 내 귓불 잡아당긴 금로매,
열흘째 저 홀로 옹고집이다

아……
하루 세 번째 기저귀 빼내고 항문 닦는데 아버지가 사람
의 말을 한다

저 고집불통 노랑꽃 한 송이,
아흔 두 살 화옹(花翁)의 항문 닦아주면

아……
사람의 말씀 한 잎
아슬아슬 날릴 것인가

놋숟가락 속의 호수, 그 충실한 심연

김수우 시인

이강산 시인의 개성은 '충실한'이다. 특기도 취미도 '충실하다'이다. 이 충실함은 내게 오래된 놋숟가락을 떠올린다. 숟가락은 먹고 사는 이야기의 근원이다. 놋숟가락은 분명 하나의 문명이건만 가공되지 않는 느낌의, 정직과 인내와 신뢰를 담고 있다. 밥상에 놓이는 순간 감지되는 신실함과 나지막함과 절실함, 이번 시편들 속에서 질박하게 다가온 것들이다. 쉽게 반짝이지 않는, 존재의 묵직함과 따뜻함. 그 중력을 '충실한'이라는 형용사 하나에 담기가 사실 마땅찮다. 이 재미없는 '충실'을 대체할 만한 어떤 존재감이나 개념을 찾을 수가 없다.

그의 안과 밖을 이루는 충실한 우연과 필연을 낯설게 마주한다. 이강산 시인이 타자의 고통을 들여다보거나 풍경을 밀고 가는 언어들은 그 전에도 많았다. 하지만 이번 시집에서 그는 아름다운 굴절을 만들면서 동시에 새로운 수평을 보여준다. 그 굴절이란 경청이다. 경청은 침묵을, 침묵은 심연을, 심연은 수평선을 만들었다. 그 수평선이 바로 이 시집이다. 벼랑과 골짜기라는 굴절 속에서 그가 충실하게 바라보았던 건 수평이었음을 깨닫는다. 도저히 그럴 깜냥이 아닌 걸 알면서도 내가 이 글을 쓰는 까닭은 그 충실함에 내가 졌다는 생각 때문이다. 그 충실함에 간담이 서늘했던 적도 있었으니.

　나도 필연을 건조해내는 이강산 시인의 충실한 우연이었을까. 시인을 만난 지 거의 이십 년이다. 막 시단에 들어선 늦깎이였던 나는 시인보다 시인의 눈물을 먼저 보았던 것 같다. 대전 원도심에서 가진 시인의 첫 시집 『세상의 아름다운 풍경』 출판기념회에서였다. 거기서 그를 시인으로 키워낸 '고단한 풍경'을 엿보았다. 처음 만났을 때 그는 팔순 넘는 양친을 모신 일곱 식구의 가장이었다. 같은 1959년생 돼지띠인데도 내 아들이 대학교 입학하던 해 이강산 시인은 막내아들 첫돌을 치렀다. 동갑내기라도 그는 훨씬 젊었고 바빴다. 그는 주어진 모든 자리에 충실했다. 연로하신 부모를 섬기는 데도, 맞벌이에 나선 아내에게도, 차례차례 입시를 겪는 세 자녀에게도 충실했다. 현실적인 모순과 부조리와 싸우는 데도, 시를 쓰는 일에도 충실했다. 소설을 쓰겠다고 근무하는 학교 앞에 오년씩 원룸을 얻은 적도 있고, 닳은 소매 끝단으로 두꺼운 어휘 노트를 안고 있기도 했다. 수시로 '교육청 앞', '한나라 당사 앞' 등 현장 투쟁 인증샷들이 날아오곤 했다. 십 년도 더 된 언젠가는 문우들과 청양 산골에 놀러갔었는데 함께 온 이강산 시인이 사라졌다. 한 시간 반이 지나서야 나타난 그는 인터넷 카페를 찾아 교육청 홈페이지에 글을 올리고 왔다는 것이다. 그는 그렇게 매사 자신을 걸었다.

　한때 나를 비롯한 몇 친구들은 매사에 절실한 그를 타고난 싸움꾼으로 규정했다. 이강산 시인은 늘 의분에 차 있었고, 문학이란 현실과 맞짱 뜨는 자리에 있다고 믿는 것 같았다. 다른 문우들이 문단에서 승승장구할 때도 그는 자주 집회장에 있었다. 나처럼 문학으로 자신을 합리

화하는 자리에 있지 않았다. 때문인지 그와 난 수시로 언쟁한 것 같다. 고분고분한 법이 없는 나는 그와 서로 우기면서 친구가 된 경우이다. 시간이 지날수록 이강산 시인의 그 뜀박질은 쉽게 흉내 낼 수 없는 것들임을 알게 되지만.

그렇게 일마다 온몸으로 뛰어다니던 그가 엎어진 적도 있다. 한동안 몸과 마음을 앓았다. 십여 킬로 체중이 빠지면서 맑은 된장 국물로 오래 위를 치료해야 했고, 신경정신과 창가에 여러 번 서기도 했다. 한참 아팠다. 시인이 아니라, 그 '충실함'이 오래 아팠다고 할까. 창문을 닫은 채 몇 계절을 겨울처럼 보내기도 했다.

다시 문을 열었을 때 그는 유연해졌다. 그것은 바닥을 아는 자의 여여함이었을까. 아니면 어떤 추상도 이해할 만한 객관을 포착한 것일까. 아프고 난 다음 시인에게 시간이란 훨씬 더 카이로스적으로 흐른 듯하다. 미래도 과거도 없는, 언제 적인지도 모를, 상고적이면서 동시에 미래적인 시간들이 항상 현실로 들어와 그에게 풍경을 만드는 것 같다. 이번 시집에서 그 카이로스적 시간의 결들이 무한히 드러난다. 함축된 은유 속에, 흑백사진의 빛과 그림자 속에, 그 시간들은 고스란히 수평이라는 심연을 만들며 흐르고 있다.

"어디서 눈사람 소식이라도 엿들었는지/모과 한 알이 툭, 떨어졌다/나를 겨냥한 것처럼 명치를 뚫고 지나갔다"(「가슴을 맞았다」)에서 읽히듯 오래 전에도 그는 몸을 맞는 일에 곧잘 앞장서곤 했지만, 나이가 들면서 가슴을 맞는 일에 점점 익숙해졌다. 가슴을 맞는 일에 익숙하다는 건 알아듣는 일에 익숙해진다는 말이 아닐까. 가슴을 겨냥당하면서 사물을 알아듣는 일에 깊어진 귀는 '모른 척할 줄' 아는 힘의 실마리가 된 것 같다. 하여 "그러나 뒤겻 귀뚜라미 울음 같은, 그 어렴풋한 말이 무슨 말이든 나는 다 알아들을 것"(「모항」) 같은 유연함이 생긴 것이리라. "사슴은

다 안다는 듯, 모르는 척 가던 길 간다", "사슴은 모르는 척, 다 안다는 듯 가던 길 간다"(「사슴을 태우고」)며 자유로운 경계를 보여주는 것도 마찬가지다. 이처럼 "꽃잎의 무게로 허리가 다" 휘던 그는 이전보다는 훨씬 알아듣는 일에 고수가 되었다. 그는 이제 어느 정도 모른 척할 줄 안다.

이 알아들음은 경청으로 나아간다. 경청의 자세는 침묵을 낳는다. 예전에 그의 언어들이 끊임없는 발언이었다면, 이제 그의 시는 경청이다. 모색이나 실험이 아니라, 부단한 귀 기울임이 만들어내는 정갈한 심연이다. 한때 그가 쏟아냈던 의분들은 이제 침묵을 쌓는다. "돌 같은 침묵이다/맨발로 넘은 만악(萬嶽)의 여정 끝이 저 열무비빔밥이라는 듯/한 입, 한 입 침묵이다"(「돌」)라는 고백은 그렇게 맺는다. 열무비빔밥 한 그릇은 얼마나 무수한 것들의 돌 같은 침묵으로 구성된 것일까. 그 침묵을 알아듣는 자리, 그곳이 바로 그가 도착한 詩가 아닐까. 이 침묵은 자연 '알아채는 일'과 '모르는 척'에 익숙해지는 과정을 만든다. 그래서 그는 "호수는 모르는 척 깊어가는 중이다"(「고구마 누룽지」)라고 말할 수 있는 것이리라. 하여 소멸과 탄생, 그 수평에 대한 사유는 결국 "나는 숨죽여 무릎을 쳤다"(「죽순」)는 뜨거운 교감으로 이어지는 것이리라.

경청과 침묵은 그가 시만큼이나 열중하고 있는 흑백사진에서 공명을 이룬다. 그는 사진 작업 속에서 사물의 이야기를 듣는다. 한때는 '말빨'이었던 그가 경청과 침묵으로 나아가는 길목에 암실이 있었다. 장인 정신이 없으면 만나기 어려운 흑백의 세계에 그는 오래 침잠했다. 나선형 계단 같은 시간과 마음을 어둠 속에서 인화해내는 동안 마침내 그는 사진을 보는 게 아니라, 듣게 된 것일까. 어떤 관조의 시선을 가진다 해도 시인의 경청은 존재의 고통에 예민하다. "뜬눈으로 물배를 채웠는지 식전부터 매미 울음이 우물처럼 깊었다/밤새 목젖의 화상이 아문 모양이었다"(「매미」)에서 언급하듯 매미 울음 같은 사람의 '소리'는 경청을 통해서만 감응되는 연민인 것이다.

경청은 상상계와 상징계에서 벗어나 실재계로 들어가는 하나의 입구이다. 그는 사진을 통해 이 입구를 발견한 게 아닐까(내게 사진은 그렇게 다가왔다). 그는 이미 두 차례에 걸쳐 흑백사진 개인전을 가졌다. 아마 그는 사진을 찍으면서 필연을 끌고 있는 우연의 힘을 만났으리라. 우연이란 필연의 결과이며, 이 우연이 뻗치는 것은 '일상' 속이고 역시나 근면의 능력을 필요로 한다. 시인이 현상, 인화해낸 시간들은 하나하나 존재의 사건이다. 사건은 그 자체로 존재론적이다. 어떤 현상이 사건이 되지 못한다면 그것은 존재하지 않은 것이다. 사건을 진정으로 사건화하는 데는 충실한 심연이 간절하다. 오늘날 비사건들로 가득한 정보들이 삶을 왜곡하는 것을 볼 때, 그의 사진에 담긴 그 '일상' 속의 사건들은 한 마디로 충실하다. 우연을 필연으로 만드는 순간을 사건이라 한다면 그의 사진은 '충실함'을 향한 칼금들이다. 이강산 시인이 흑과 백, 그 빛과 그림자를 통해 찾아가는 곳이 시(詩)라는 실재의 입구, 그 심연이 아닐까.

무수한 실재로 구성된 그의 일상은 사진에서 목소리를 낸다. 때문에 사진은 그의 적어진 말수와 경청을 담아내는 그릇이다. 사물들이 대신 말하는 것에 시인은 재미가 들렸을 법하다. 거기서 그는 표상의 경계를 지운다. 그의 시편들은 사진을 따라가고 사진은 그의 시편을 따라간다. 시와 사진을 따라서, '눈사람의 나이테' 또는 '허공의 무게'를 찾아다니는 그의 먼 길은 결국 '원(圓)'을 이룬다. 빛을 인화하는 암실의 시간들 또한 그의 카이로스적인 슬픔 또는 존재적 사유를 선명히 양각해낸다.

허나 그가 세계의 불화를 잊은 건 아니다. 늘 치열하고 절실하고 의분하던 삶의 자세가 바뀐 건 아니라는 말이다. 다만 사진은 그가 언어적 과시를 버린 마음을 그대로 담아낸다. 언어적 과시를 버린다는 것은 끊임없이 연기해나가는, 파문 지는 마음의 고리를 직시하는 일이다. 이 직시는 가슴에 쌓인 긴 돌담 같은 경청을 선물한 것이리라. 그는 요즘 명상과 야생화 가꾸기로 시간을 보내곤 하는데 이는 마음을 미세하게 하면서 더 큰 현실을 만나는 과정이 아닐까. 미세한 마음을 따라 피어난 사물의 이야기, 그 음성을 따라 정직하고 뜨거운 생명의 현장을 발견하는 것이다.

이번 시집 전체 여정에 호수를 비롯한 물의 이미지가 적막하게 가로지르고 있다. 유난히 많이 표상되고 있는 호수와 저수지, 그리고 바다는 그가 따라가고 있는 정신의 느린 소용돌이를 보여준다. 흘러와 고여 있는 것에 대한 경청과 침묵은 시인이 응시하고 있는 존재의 시점 그 자체이리라. 먼 데서 흘러와 고여 있는 것들이 어찌 물길뿐이겠는가. 호수는 곧 사람이고 꿈이고 존재들이다. 하기야 우리 속의 DNA의 시간을 기억해보라. '작은 여울들은 소리를 내며 흐르지만, 큰 강물은 소리 없이 흐른다. 모자라는 것은 소리를 내지만, 가득 찬 것은 아주 조용하다.' 숫타니파타의 이 지혜는 시인이 왜 호수와 저수지의 물길을 지켜보는지, 왜 스스로 호수와 저수지가 되고 있는지를 설명해주는 게 아닐까.

그 외에도 발길이 주로 닿는 곳, 카메라와 동행하는 장소들이 산간이나 절간인 걸 보면 그의 필명이 '강산'임이 그대로 전달된다. '원(圓)'에 대한 사유가 많아지는 것 또한 그가 다가서려는 곳이 어디쯤인지 잘 알려준다. 무수한 벼랑과 골짜기를 마주하면서 삶의 수평을 새롭게 학습해낸 것이라고 할까. "나는 그때 겨울이 되어서야 여름 나무를 올려다보는 나를 미처 못 보았다"(「겨울, 여름 나무 아래서」)에서 읽히듯 셔터를 누르면서 그가 찍은 건 자신이었음을 깨닫는다. 겨울이 되어서야 여름 나무를 올려다보는 그의 카이로스적 시간이 표상하는 건 결국 근원에 관한 통찰이리라. "나비는 말없이 나를 찍을 것이다/물속에 파묻힐까 비스듬히 걸어가는 나를 놓치지 않을 것이다"(「호수를 위하여」)에 암시되듯 모든 사물은 바로 자신을 비추는 거울이며, 서로가 서로에게 근원이다. 내가 찍는 것이 아니라, 서로 감응할 뿐이다. 매순간, 있는 그대로, 모든 사물은 응대하고, 그는 그렇게 그의 경청을 담아낸다.

그의 언어는 이전에 비해 한결 유연하고 간결하다. 이는 존재의 두려움을 극복한 시인의 시선에서 비롯한 게 아닐까. 인간이 두려움을 극복하는 데엔 평생이 소비된다고 한다. 우연과 필연에 충실한 그의 경청과 침묵은 이제 맑은 피의 순환을 보여준다. 과시가 아닌, 욕망이 아닌, 충실하고 근면한 침묵이 그를 여여하게 하는 것 같다. 한때 대전에 머물기도 했지만 부산에 사는 나는 이강산 시인을 볼 기회가 자주 없다. 그는 방학이면 카메라를 들고 골목길을 찍으러 잠시 다녀가곤 한다. 그때마다 이강산 시인이 "나는 생사의 경계가 아니라/온화한, 단출한 주검의 풍경에 대해 차츰 골똘해지는"(「직선 옷 한 벌 입고 싶다는 생각」) 자기자신과 오붓하게 만나고 있음을 눈치챈다. 그러면서 "무엇이든 생의 한 점 빛이 된다는 것,/숫돌처럼 소멸한다는 것"(「머리카락 숫돌」)과 "쟁반든 장수하늘소 다시 수평이다"(「호수 가정식백반」)를 확신하는 시인의 믿음을 엿본다. 그리고 그 자신감이 부럽다.

문학이라는 고뇌는 경청으로 숙성되면서 그에게 담담히 깊어졌다. 그리고 그 숙성된 침묵은 축축한 목젖으로 뇌까려보는 이름들이 된다. 그는 아주 낮은 목소리로 그의 이웃들을 호명한다. 이번 시집에서 이웃과 동무들은 산길에 야생화처럼 피어나고 있다. 그가 어떤 체온으로 동무를 읽어내고 있는지 보인다. 그들을 가장 그들답게 존재하게 하는 데에 집중하고 있다고 할까. 그것이 연민이며 애정이며 동시에 "내 안에 우주 하나를 들이는 일인 줄"(「채송화」) 알고 있음이다. 모든 존재의 틈을 채우는 연민에 그의 이상향이 있는 것일까. 시인은 아름다운 개인이며, 그 개인은 결국 연민으로 세상을 본다. 의분으로 보기보다 연민으로 세상을 보는 것, 연민은 자기를 향해서가 아니라 타자를 향하여 자세하게 작동하는 것. 문학이란 그 이상, 그 이하도 아니라고 믿는다.

마음의 여여한 결을 따라가는 이강산 시인. 그는 개미 떼가 쓰는 경전을 읽어내는(「개미 경전」) 어떤 알아챔과 앞 차창에 발견한 거미 한 마리 때문에 속도를 버리고 직진을 놓치는 일(「원」)에도 익숙해졌고, 더 익숙해질 것이다. 긴 수평선. 거기서 돌아오는 것은 이름이다. 그는 사람들의 이름을 부르고 있고, 그 이름들은 무수한 경계를 지우며 돌아온다. 비로소 그는 행복해졌을까. 아니면 그 행복마저 초탈했을까.

그는 시에게 더 충실할 것이다. 사진에도 더 충실할 것이다. 소설에도 그리고 가족과 몇몇 문우들에게도 충실할 것이다. 경청과 침묵을 기르는 일에도 충실할 것이다. 아무리 해도 그가 대충, 대략적으로 살아가는 일은 없을 것임을 안다. 충실한 우연으로 절실한 필연을 만드는 일, 이 필연으로 수평이라는 심연을 만드는 일, 곧 모든 사건에 전념할 것이다.

시인이란 항상 경계에 고치를 트는 자인지도 모른다. 세상은 만만한 게 아니고, 그렇다고 까다로운 것만도 아니리라. 그저 열심히 오래된 놋숟가락으로 삶을 뜨고 있다. 숟가락은 우리가 세상에 거주하고 있는 존재임을 가장 명확히 깨닫게 하고 살아가게 한다. 그의 놋숟가락은 닳았다. 닳을 대로 닳아 생명의 나이테를 보여준다. 하지만 그 놋숟가락에 호수와 저수지와 바다가, 그리고 그리로 가는 길들이 담긴다. 오늘도 이강산 시인은 그 길을 무수히 학습한다.

하여 시가 시인을 쓴다. 시인이 시를 쓰는 게 아니다. 다시 그는 그 기다림을, 그 수평을 더 충분히, 더 충실히 끌어안으리라.

나는 아버지의 분재(盆栽)였다.

아버지는 지극정성으로 내게 물밥을 떠먹여주었다.

수령 56년,

이제 아버지가 원하는 만큼의 수형이 잡혔을까.

오늘 아침, 나의 분재에서 꽃이 피었다.

장돌림 아버지보다 튼튼한 역마 한 마리 끌고 세상을 떠
도는 사이

첫 시집을 내고,

10년 만에 두 번째 시집을 내고,

하필, 또

10년 만에 세 번째 시집을 낸다.

첫눈이 하필 흰색인 까닭은 첫눈 맞는 대추를 보고 어렴
풋이 짐작했지만

시집과 시집의 사이, 대체 그 10년이란 무엇인지.

봄여름가을겨울 물 밥상 차려 올린 내게 앙가슴을 열어
준 풍로초 한 송이…….
10년이란 오늘 아침 눈을 뜬 꽃만 같다.

나무를 닮은 풀 한 포기 화분에 담아 10년을 살폈더니 비
로소 나무가 되었다.
그 느려터진 세월의 뒤안에서 나도 나무가 되려는지 낡
은 팔다리에서 싹이 돋는다.
어쨌거나 사람이라는 나무라면 다행이겠다.

아껴 먹은 햇살 몇 술 간장 종지에 담아두고 집 밖으로
나선다.
늦기 전에 바다의 숲을 한 바퀴 돌아야겠다.
길은 늘 아버지가 걸었던 그 길,
익숙한 초행이 즐겁다.

2014년 겨울

이강산